KB120439

마음의 세경

마음의 세경

초판 1쇄 인쇄일 2015년 12월 12일
초판 1쇄 발행일 2015년 12월 17일

글 이창무
펴낸이 양옥매
디자인 이윤경
교정 조준경

펴낸곳 도서출판 책과나무
출판등록 제2012-000376
주소 서울특별시 마포구 월드컵북로 44길 37 천지빌딩 3층
대표전화 02.372.1537 팩스 02.372.1538
이메일 booknamu2007@naver.com
홈페이지 www.booknamu.com
ISBN 979-11-5776-129-6(03810)

이 도서의 국립중앙도서관 출판시도서목록(CIP)은 서지정보유통지원 시스템
홈페이지(http://seoji.nl.go.kr)와 국가자료공동목록시스템
(http://www.nl.go.kr/kolisnet)에서 이용하실 수 있습니다.
(CIP제어번호 : CIP2015033798)

마음의 세경

○
○
○

기쁨과 행복에
살아 있는 현실만 있다면
그것은 꿈인가 싶다

이창무 시집

책과나무

마음의 생각

혼자인 나 외로운 날을 기다리며
혼자인 날 생각한다
현재를 중요시해야 같은
울타리에 아무 생각 없이 살아가는
마음

쓰레기 같은 인생
말 한마디마다 모든 것이
쓰레기 잡동사니 속 같은 명언이요
인생은 온갖 잡동사니 속에 귀중함을 찾는 것이다
지구의 아름다움은 하나의
사랑의 수정체로 이루어야만
그 모습을 오랫동안 간직할 수 있다

누가 나를 지배하는가?

| 목차 |

머리말   05

파도 소리   12
별밤의 추억   13
이별   14
인연   16
현실   18
그리움   19
춤추는 불초의 불꽃   20
생각   21
조각   22
졸업   23
가슴으로   24
나른한 봄   25
당신은 꽃인가요   28
눈꽃   30
눈꽃송이   31
꽃비   32
문 하나   35
석산   36
나의 집   38
눈물   40

하루 42

쉼터 43

초생달 44

스산한 공기 46

고운 님 47

구름 위 당신 48

천상의 소리 49

아픈 가슴으로 50

바람 사랑 53

꿈속바람 현실바람 54

벌거숭이 56

무지개 58

사랑 무지 59

죽음의 암흑 60

보세 보세 63

오늘 하루 66

생명치료소(종합병원) 68

빌딩숲 사이로 70

인생이란 71

돌장미 72

수명 73

사색무지(私索無止) 74

저물어 75

가세나   76

생이란   78

이대로 가야 하나   79

한 송이   80

한겨울의 연가   82

연정   84

가야지   85

흐르는 새   86

사랑 돛단배   89

초심   90

새신   91

근목림(根木林)   92

추녀마루   93

미덕   94

기도   95

새바람   96

하늘 자리   97

유심초(流心礁)   98

죽생   100

살고 싶다   102

아름다운 시절   103

사랑 동반자   104

하늘 비   106

사진첩 108

내 곳은 희망 110

인생 111

세월 구름 112

무상 115

내 사랑 당신 116

함박눈 118

춥다 120

풍산등생(風山燈生) 121

청향님 122

청(淸)이야 123

사랑의 적비 126

사랑이 머문 자리 129

추밤 130

청-아! 131

처막 살이 132

외톨이 133

안식처 134

담 136

한강수 138

문창지(雯創紙) 139

세속 희망 141

간다네 144

흐르는 길목   146

산술 목 놓아   148

외로운 날   151

사랑하는 당신   152

슬픈연꽃   154

청사초롱   156

해풍   159

사라지는 명줄   160

평온천(平穩天)   162

새털구름   163

매인 정   164

인생 시공   166

매설화   168

평천초   170

천년 찻 손님   171

천상가야(擅翔佳野)   174

모정   176

산길 따라 뱃길 따라   178

하늘 당신   180

파도 소리

파도 소리에 그대 목소리 잠기고 간 내 마음이여
누군가 불러 보는 내 사랑 그대에게
이 노래 부르리라

종달새가 처량하게 울고 가면 내 마음 파도 소리
흥겨워하며
그 여인 그대에게 바치는 내 소리 그치리--

내 마음도 파도 소리에 흘러가다오
저 지평선 너머 끝없이 타오르는 태양 아래로
내 마음도 가져가 다오

소리여-

별밤의 추억

추억은 슬픔 속에 묻히는 것과 같고
그 속에 내 맘속에 비치는 너와 나의
그림 속에 비치리

사랑의 슬픔은 누가 만드는 것일까
내가 너와 내가 별밤을 새워 만들리라

누가 이 사람의 마음의 창을 열었는가
내 마음의 순결은 영원히 남으리

이별

한순간 만난 사람
그 사람을 이별할 때
좋은 감정으로 보내려는 사람
사랑의 순간 이별의 순간
이별이란 만나기보다 어려운 작별

작별 속에 커 가는 마음
그것은 곧 성숙과 늙음을 고시하는 것

내 마음은 갈피를 잡지 못해도
그대 마음을 읽을 수 있다면 이별은 없다

이제는 그대를 이해하고
석별의 정을 나누리

우리 다음에 다정스런 모습으로
과거를 이해하도록 하고

이별은 서로의 성숙을 알리지만
둘만의 사랑은 영원히 기억하리라

헤어진다면 그 이상 슬픔은 없으리

인연

우연히 마주친 그녀
어딘가 친숙감이 느껴지는 그녀
처음 부딪칠 때의 묘한 감정
나보다 커 보이고 아름다웠지

그녀가 길가에서 문득 나를 보고 길을 물었을 때
나는 순간 더듬거리며 대충 가르쳐 주었다

지나치고 나서 그녀의 생각이 머릿속을 꽉 채운다
더 자세히 친절하게 가르쳐 줄 걸
한 번 더 친절을 베풀었으면 좋았을 걸
혼자 생각하고 실망을 하니
나는 참 바보라는 생각이 든다
인연이란 우연히 다가오는 것을
깨달았을 때 이미 늦은 것이다

인연은 평생을 좌우한다

우연을 지나칠 것인가,
우연을 인연으로 평생 맺을 것인가
자신을 갖고 우연을 마주치며 생각할 것이다

우연 과 인연 속에는
악연(惡緣), 실연(失戀), 행연(幸連), 복연(復緣) 등
만남이 있을 것이다

모든 것을 신중히 생각해야만 하지만
짧은 순간이 평생을 좌우할
우연과 인연이 있을 것이다

현실

현실과 현실 속에 꿈-
그 꿈은 과연 현실인가

지금 현재 살고 있는 것이 하나의 꿈이라면
아픔과 고통을 느끼는 꿈

과연 현실일까?

현실은 무엇이며
현실 속에 가증은 무엇인가?

그리움

그리움은
설레는 마음속에 만남을 기약하는 것

그리움 속에 맺어지는 사랑과 우정이 싹트고
그 속에 만남이 그리움은 영원히 남으리

나의 그리움은 너와 나의 만남 속에
새로운 속삭임

그리움은 영원한 것

춤추는 불초의 불꽃

내 마음속에 어른거리는 불꽃
불초의 불꽃

나의 행복을 춤추는 불꽃으로 찾으리
그대의 마음을 불꽃으로 채워 주리라

불꽃의 흔들림은 영원의 갈등인 것을
내 누구라도 그 영원을 찾으리

불초의 불꽃
영원의 불꽃
사랑의 불꽃
춤추는 불꽃

그 속에 참된 사랑을 찾아보리라

생각

생각 속에 이어지는 과거
그것은 불행의 연속

나의 생각은 곧 모든 것을 지배할 것이다

그러나 마음은 지배할지언정
타인은 모든 이의 생각과 마주쳐야만
생각이 그려질 것이다

우리의 생각은 만 우주를 지배할 것이다
생각 속에 자유가 출렁인다

자유 생각

조각

떨어지는 조각 속에
인생의 지나온 희생의 조각들 속에
미래의 인생들

조각들의 모임 속에 하나의 구성적 요소가
탄생한다
조각, 그것은 하나의 우주요 미래인 것이다

조각 우리는 하나의 시소와 같은
불안정한 미래와 같은 것

졸업

아기의 졸업
유치원의 졸업
새내기의 졸업
취업의 졸업
인생의 마감의 졸업
죽음의 졸업

우리는 죽음 위에 서서 다시
이승의 졸업을 위해 달리고 있다

끝없는 망망대해 속에
새로운 도전과 죽음
졸업과 동시에 새로 태어나는 인생행로

이것이 우주의 법칙인가

가슴으로

물밑으로 밀려오는 마음속에
잠겨 있는 가슴으로 솟아오르고
새로운 물밑은 우리네 정다운 소리가 밀려오는
나의 가슴속 물밑으로

가슴과 가슴으로 묻어 오는 샘솟는
잊지 못할 추억들 속에 한줄기
사랑으로 가슴을 열고
그 속에 새로운 나날들을 가슴속에 묻어 둔다

가슴속에 불어오는 마음은
바람 속에 스며들고
사랑의 따뜻한 바람은
생명의 불꽃으로 번지리

나른한 봄

어느 한가로운 날
나는 우리 집 담 벽락에서 강아지 땡칠이와
나른한 봄 햇살을 맞으며 둘이 낮잠을 즐기고 있다

이것을 본 봄 해님이 즐거운 맘으로
뜨거운 햇빛을 내려 쏘아 주고 있다

하늘 저 먼 곳에 검은 먹구름 하나가
이 광경을 보고 샘이 나
바람을 타고 쏜살같이 달려와
햇빛을 막아 버린다

해님이 더욱 뜨거운 햇빛을 발산하자
차가운 먹구름과 뜨거운 햇빛이 부딪치고
갑자기 소낙비가 되어 쏟아진다

땡칠이와 나는 갑자기 쏟아지는 소낙비에 깜짝 놀라

우리 집 대청마루로 뛰어 올라갔다
나는 대청마루에서 하늘을 보며 피식 웃는다
그리고 옆에 있는 땡칠이 보고
"이놈이 여기까지 올라오네?"

땡칠이는 씨-익 웃으며
내 무릎에 턱을 괴고 눈을 감는다
나도 잠에서 덜 깨어 그대로 땡칠이 하고
머리를 맞대고
잠에 들기 시작했다
그 광경을 보고 있던 해님은 미소를 지으며
부드러운 햇살을 비추기 시작했다

심통 궂은 먹구름은 더욱 자기 몸을 부풀리다가
그만 햇빛에 구멍이 나기 시작한다
이것을 본 해님이 더욱 강한 빛을 발산하자

온 하늘이 맑은 봄 날씨가 된다

우리는 따스한 봄 햇빛에
하늘나라 구름 위의 해님과 춤을 추며
행복한 몽상에 빠져들고 있다
나른한 오후 한때를 즐기는 곳에서 –

당신은 꽃인가요

눈꽃송이가 하늘하늘 날아가
당신의 옷깃에 스치며
아름다운 당신에게 속삭인다

당신은 눈꽃송이의 아름다움을 아시나요?
당신의 눈꽃송이에는 하얀 눈 속에
빨간 오색무지개가 들어 있지요
그 오색찬란한 빛이 아름다운 생명의 여신이랍니다

그 순간 당신은 눈꽃송이의 노예가 되어
하늘 높이 날아가 온 세상을 아름다운 빛으로
비추리라

당신은 꽃이랍니다
꽃은 하얀 캠퍼스 속에 아름다운 수채화입니다
당신의 아름다움은 그 자체가 꽃이랍니다
아름다운 꽃이 되기 위해

얼마나 많은 시련이 있었는지 아시나요?

뿌리는 썩고 병들며 썩은 물로
아름다움을 키워 나가는 당신
그 자체가 고통 속에 아름다움이요 꽃인 것을
아름다움의 보존은 뿌리 없는 얼굴이랍니다

당신은 꽃인가요?
꽃 속에 아름을 찾아보세요
세상은 아름다움이 많답니다
그 속에 당신의 눈꽃송이를 찾아보세요

눈꽃

내 눈 속에 꽃이 흐르고
사모 속에 흐르는 눈망울은 비 내리는 펄과 같구나
사랑은 아름다워라

그대를 만나는 길에 꽃길이 흐르고
산길이 넘어지니
너와 나의 인연 꽃은 영원 꽃이라
슬픔 속에 사랑의 꽃은 피리라

맑은 눈 속에 있는 꽃
눈망울인지 눈꽃인지

누구를 위해 눈꽃을 만들까?

눈꽃송이

어느 날 내가 걸어가고 있는 이 도로에
하나의 눈꽃송이가 피어오르고
나도 모르게 발걸음을 멈출 때
갑자기 세찬 바람이 일면서 나의 머리를 스칠 때
눈꽃송이는 하나의 바람이 되어 멀리 날아가고
나는 그 자리에 멍하니 쳐다볼 뿐
그 눈꽃송이는 하늘 저편으로 날아가 없어지고
나는 그 자리에 우뚝 선채로 나의 모든 것이
날아가는 듯
하염없이 눈꽃송이를 바라보네
그 차가운 눈꽃송이 속에 나의 모든 과거가 묻혀
있는 듯
나도 눈꽃송이처럼 멀리 사라져 없어졌으며
눈꽃송이 사락사락 밝히는 소리에
나의 눈동자는 깨어나리라

꽃비

어?
하 늘 위 에 ?
하늘에서 꽃비가 내리네

하얀 꽃
노란 꽃
붉은 꽃
빙빙 도는 배뱅이꽃

나도 맴맴 돌아 하늘이 노랗고
땅이 붉고 하얀 새털구름이 흐르네
땅속에서 나오는 아지랑이가 나의 마음을
뜨겁게 하네

하늘 꽃
마음의 꽃
땅의 꽃

꽃비가 쌓여 나의 무덤을 만들고
꽃비가 흩날리는 여름날에 나는 죽음과 싸웠고
꽃비가 나리는 겨울날에는 행복 속에
꽃비를 타고 올라가네
꽃 무지개가 피는 봄에는 아지랑이 속에
하얀 비가 내려
내 마음을 촉촉이 적셔 주네

아ー 계절의 여왕이여
나의 꽃비를 맞아 주려무나

오색찬란한 무지개 꽃비
안식처를 찾아 헤매는 영혼의 빛이여
빛과 부닥치는 섬광 속에 오색은 물들고
영혼은 살아 움직인다

꽃비야!

잠들고 싶은 내 모습은 무엇을 상상하리오
꽃비야 내려라
한없이 내려라
이내 몸과 마음을 묻어 버리고
하얀 꽃으로 덮어다오
이 세상을 하얀 백지로 만들고 싶구나

백지 위에 떨어지는 붉은 꽃은
흰 꽃과 어울려져 하나의 생명을 만드네
흰 종이 위에 그림은
마음의 꽃을 채우고 싶구나

문 하나

문과 문 사이에 생(生) 과 사(死) 있으니
그것이 바로 문발의 차이라
어느덧 나의 문안에 세월이 흘러 문밖으로
나갈 위인이 되어
이 한세상을 홀로 뜬 구름처럼 살아가리

석산

석산에 아지랑이 피어오르면
마음의 고향이 신기루처럼 내 가슴에 스며들며
내 마음의 눈물은 석산에 아지랑이가 피듯
마음의 눈을 멀게 하는구나

차가운 석산에 한줄기 뜨거운 빗속에
따듯한 아지랑이 꽃이 피어나는구려
석산은 구름 따라 먼데
내님은 구름 산 넘어 살포시 넘어갔구려
우는 님 가는 님 정 넘어 가는 님 모두
아지랑이 속에 사라지는구려

여미는 옷깃 속에 따사로운 나의 가슴은
당신이 오기만을 기다린다오
오시오! 내게 달려오시오!
석산 넘어

해야! 해야! 넘지 마라
석산은 차가울수록 내 님은 댕기 걸려 엎어지면
눈꽃 속에 파묻힌단다
사랑님! 석산 눈꽃을 피해 내게 살며시
아지랑이 속으로 오시구려

나의 집

방안 천장에는 내가 좋아하는
무늬의 칠이 칠해져 있고
한쪽 벽에는 내가 좋아하는 책이 가득 있다
그중에서 내가 본 책은 몇 권이 안 된다
그 옆에 커다란 텔레비전이 있다

나는 그저 싱글 침대에 누워 티브이만 보면서
벽면과 천장을 보며 생각한다
내일은 틀림없이 밖에 나가 일거리를
찾아볼 것이라고
그리고 이 지저분한 방안을 깨끗하게 치우자고
이제 추위도가고 봄을 맞아 새롭게 생활을 하자고

다짐하고 다음 날 다시 날이 밝았다
그러나 나는 침대에서 꼼지락 거리며
티브이를 다시 켜며 뉴스를 본다
어제 내가 결심했던 생각은 까맣게 잊은 채

나는 또다시 과거로 돌아갔다

허송세월을 한탄하면서 실행을 못하는
자신을 회유 하면서
자기만의 방 안에 모든 것을 그리며
생각하고 상상만 할 뿐
실행도 못하는 자신을 은폐하면서
오늘도 또 하루를 보낸다

오늘도 이 유치장 같은 방 안에서
혼자 이리저리 뒹굴며 내일을 꿈꾸며
쓸쓸히 이 밤을 지새우며 한 해 두 해를 넘기며
한 세상을 추상만으로 보낸
세월 수없이 흐르고 있다

아— 이제 그저 편하게 살날을 기다리며
온몸이 찌그러지는구나

눈물

눈물이 자꾸 나와 한없이 흐르는 빗줄기처럼
흐르는 강물은 거짓의 눈물인가?

눈물 속에 진실된 사랑은
나의 마음의 눈동자인 것을
슬픔 눈물들은 한없이 흐르고
기쁨 눈물들은 순간의 기쁨인 걸

마음의 사랑 안정된 사랑을
세월 속에 묻어 버리고 마는 눈물

눈물 속에 맺어지는 말들은
어느 누구의 눈망울인가?

사랑 기쁨 거짓 미움
눈물은 아름다운 것

그 눈물 속에 묻히는 것은
순수를 넘어 진실을 말해 주는 눈물
거짓의 눈물은 한날 스쳐지는 것
진실된 눈물은 영원한 것

이 밤을 흐르는 밤에 홀로 지새는 눈물
아– 누가 나의 이 슬픔 눈물을 거두어 줄 수 있나

나의 눈물을–

하루

누군가 말했지
내가 살아가는 것이 곧 법이라고

하루를 살더라도 편한 마음으로 산다면
그는 어둠속에서 빛을 찾은 것이다

내가 힘든 하루하루를 보낼 때
어느 누군가는 즐거운 하루를 살 것이다

나도 내 인생의 하루를 즐겁게 보내기 위해
열심히 노력할 것이다

하루를 살더라도 나를 위해 산다는 것은
누군가를 행복하게 해 준다는 것이다

쉼터

아름 속에 마음의 평화가 오니
내 쉼터가 여기인가 하노라

누군가 속삭인다
그 속에 목메지 말고 새로운 곳을 향해 날아가라고

날아가다 지치면 메아리 속에
너를 부르는 마음의 쉼터가 오리라

초생달

맑은 하늘 아래 맑게 핀 초생달 아래
인생의 흐름이 막 지나 가누나

오고가는 생활 속에 묻어 있는 나의 평온함이여–

한여름에 질 푸른 광풍이 휩쓸고 지나간 허공 속에
초생달이 가을을 알리려고 살며시 내려앉누나

누군가 두드린 대문가에 살포시
내 어깨 위에 앉은 초생달을 보니
내 마음 뉘 찢어지는 가슴에 무언가 찌르더이다

흐르는 강물 속에 초생달이 떠가니
무엇으로 잡으랴–

마음속에 갈대를 휘저어 가며
흔들흔들 움직임 속에

울렁거리는 초생달 속에 무언가 채워 주니
한여름 밤의 뭉게구름이 검게 움직이더이다

세월은 망각 속에 흩어지니
어디론가 슬픔 속에 사라진 초생달이 나와
이별을 알리네

스산한 공기

가을비 안쓰러 이내 마음 들가에 흐르며
스산한 밤공기 나를 맞이하네

누군가 나에게 슬며시 다가와 스산한
밤기운을 주고 가누나
이 가을 속에 님의 발자국 소리 들리어 오길 바라네

마음 가득 온기가 스산함에 의해
허공 속으로 나가 버리네
올 가을에는 누구의 온기 속에 스산함을 벗어날까?

마음 가득 펼쳐 온 가을 하늘 바라보리라

고운 님

고운 님 아지랑이 피는 들녘에 살며시 날아와
나의 가슴에 살포시 내려 앉아 바쁜 숨 고르고
고운 바람에 휘날리어 먼 여행을 떠나는 고운 님

고운 님 아름다운 자태 속에 내심 요동치고
고운 님의 웃음 뒤엔 미소 자색이 온몸으로 퍼져
나의 기른 팔에 날개 돋혀 고운 님 따라 훨훨 나네

당신의 고운 맘씨에 고운 날개 휘젓는 소리에
나의 생명의 소리가 온 가슴으로
고운 님 영혼이 스며들어 온 세상을
어둠에서 밝은 세상으로 뛰쳐나오네

고운 님 살포시 내 곁에 내려와
맑고 청아한 목소리로
나의 검은 구름을 거두어 주오

구름 위 당신

흘러가는 강물 속에 당신의 눈물을 보았고
강물 속에 당신의 빛나는 눈빛 속에
내가 살아가야 한다는 것을 느끼게 한 당신

당신은 흘러가는 바람 속에 진주를 보았고
내게 무엇이 보석이고 사랑인지
당신은 눈물로 말해 주었죠

당신의 슬픈 강물 속에
내게 그저 흘러가는 보석물방울이라고 했나요?

햇빛 속에 영롱한 물방울이 튀어
하늘 높이 날아가듯이
내 영롱한 심경이 하늘과 맞부딪쳐
하늘구름 속에 눈망울 보석비가 나리는구나

천상의 소리

내 쓸쓸한 이내 속마음을 달래 줄 수 있는 것은
한 잔의 맑은 정신 술이며
당신의 아름다운 속 깊은 천상의 소리를 들려주오

빛은 밝으나
당신의 모습은 사라지고
이내 속은 타는구려

그대여 나의 심장의 샘물을
당신의 사랑의 불꽃으로
나에게 광명의 빛을 주소서

아픈 가슴으로

아 아픈 가슴을 어떻게 달래 볼까
모두가 나를 버리고 가누나
이제는 더 이상 버틸 힘도 없고 의지할 곳도 없는데
이 드넓은 세상을 어찌 헤쳐나갈꼬?

이제는 죽음만이 나를 기다리는구나
세월의 흐름은 이다지도 빠르단 말인가?
한세상을 편할 날 없이
힘겹게 살아온 개미 같은 인생
이제 마지막 길에서 새로운 창조의 길을 가누나

내 마음속은 이제 속 빈 강정처럼 가볍기만 하다

오로지 나의 행복을 찾아 달려온 인생
이제는 인생의 종착역에 다다랐나 보다
허무한 인생 누구를 위해 살았단 말인가?

하나뿐인 이 생명을 거두어 가소서

이제는 더 이상 버틸 목도 없는
세월과 허망 속에 살아온 인생을
더 없이 편한 곳으로 가야지

어드매뇨?
산골인고?
물꼬인고?
암흑인고?
죽음인고?
극락인고?
천국인고?
지옥인고?

모든 것을 잊어버리는 곳으로 가고 싶다

아- 싫다 이제는 편히 잠들 곳을 찾고 싶구나

편한 곳에 무(無) 묵(默) 터

바람 사랑

어느 날 스치는 바람 소리에
그녀와의 만남이 이루어진다

그녀는 과거와 미래 속에
나와의 만남이 있는 것처럼
나의 뇌리에 그녀와 사랑이
스쳐가는 것 같다

아- 바람의 사랑일까?
내가 그녀를 지켜 주는 수호신이 되고 싶다
우리들의 사랑은 영혼을 이어 온 사랑

그녀와의 사랑은 오직 스치는 인연일 뿐
다시 이루기가 너무나 긴 시간인 것을

우리는 또다시 스치는 바람 세월 속에
천년영혼의 바람 사랑을 기다리며 헤어진다

꿈속바람 현실바람

바람이요 나는 바람입니다
꿈속 바람 현실바람 바람입니다

그저 이곳저곳 떠돌아다니는 세월 바람입니다
누가 오라고 해도 내 멋대로 가는 바람입니다

남의 속옷으로
찬 바람 더운 바람 사랑 바람 미운 바람 냄새 바람
온갖 냄새가 다 나는 바람입니다

그중에서도 시원한 바람과 풍요의 바람을
아주 좋아합니다
내 바람은 온 세상을 깨끗하게 만드는
바람이면 좋겠네요

사랑 바람 미운 바람 거짓 바람 진실 바람
무엇이 인간의 마음을 바꾸어 주나요

파괴 바람 악마 바람 공포 바람은 다 지나가고

안정된 바람으로 모든 인들의 평화의

바람이었으면 좋겠네요

벌거숭이

태어나면서 벌거숭이가 된 내가
살아가면서 나의 모습을 감추기 시작한다
인류는 태어나서부터 죄를 짓는다 했다
그것은 태어나서 깨끗한 모습이지만
살아가면서부터 자연에게 죄를 짓기 시작한 것이다

살아가면서 집단으로부터 많은 것을 배우기에
자연히 자기 몸을 감추기 시작한다
그것은 자기의 죄의식에서 만들어진
우리의 굴레인 것이다

우리는 자연으로 돌아가서
벌거숭이가 되어야 할 것이다
인간은 죽어서야 벌거숭이로
돌아가 흙으로 다시 태어나리라

내가 자연을 믿고 자연 속에 살아야 하지만.

우리의 삶은 서로가 시기하고 상대를 차지하고
그런 야만적인 습성이 있기에
급기야는 이 지구의 모습조차 바꾸려고 한다

그런 과정이 얼마나 무서운가!
결국은 지구의 멸망을 바라볼 뿐이다

우리는 후손들에게 뛰어난 과학의문명보다 이곳을
깨끗한 환경을 물려줘야 할 것이다

그래야 죄의식에서 벗어나
벌거숭이로 자연히 흙으로 돌아갈 것이다

무지개

해가 솟아오름
물안개 파도소리
하얀 안개꽃

노을이 지는 붉은 노을꽃
노니는 곳 살며시 스치어 가노니

하늘 누리 온유한 그 공간 위에
하늘 노을이 빈공간에 걸쳐 있어

나리는 별무리 속에 내 심장소리
사랑 구름 타고 은하수 계곡으로 스며드는구려

당신을 위해 적백파란노랑 오색무지개
환상의 물보라를 만들어 주리라

사랑 무지

사랑이란 두 글자를 외우고 또 외워도
싫지 않는 글자지만

당신만을 생각한다면
사랑 사랑이란 글을 수천만 번 외워도 좋다오

당신과의 사랑 추억은
내 대뇌 속 깊이 사무쳐 있다네

죽음의 암흑

암흑이란 내 쉴 곳을 찾아 헤매는 곳인가?
무(無)란 곳에 내 몸과 영혼을 맡겨
무혼(無魂) 속에 빠져들어
이 한 많은 고요 속을 벗어나려 하는가?

그저 살고 져 태어나 버린 생고인 것을
누군가 떠밀려 살아가는 고통 속에
살아가는 평생인 것을
내가 이곳에서 무엇이 안타까워
죽도록 고신하는가?

죽음의 신이여
무엇이 나를 이토록 슬픔 속에 매달아 놓는가?
그냥 가져가시구려

이곳이나 죽음의 도시나 같은 것 같구려
내 이 한목숨 누구에게 바치나 같은 거라오

내 평생 누구를 원망도 없이 살아온 생이라오
무엇이 행불행인지 모르오나

나, 삶의 전부를 불태우고 살아가고 싶구려
당신을 믿으오
죽음이란 그저 편안함을 준다는 것을

모든 것에 이곳에 태어나 한평생을 보고
이제 죽음이란
새 곳에 가 새로운 세계를 보는 것 같구려

죽음을 두려워 마라
어차피 한 번은 가야 할 곳인 것을
그곳이 천국이든 지옥이든 간에
지옥과 천국이란 없다
인간이 만든 구실일 뿐

죽음은 새로운 세계 속으로 가는 것인지

아무것도 없는 무인지를―

죽는 것은 일단은 평화롭다는 것이다

보세 보세

행복을 찾아보세
이곳저곳 찾아봐도 내 이곳만 못하누나

살아 보세 즐겁게 살아 보세

누굴 탈할 수도 없는 인생
고비길을 행복으로 만들어 살아 보세
내가 태어나 이곳에 새로운 둥지를 틀어
이 지구의 곳곳에
내 터전의 모든 것을 행복을 남겨 살아 보세

아픈 마음 다 버리고 새롭게 살아 보세
슬픔과 고독이 많은 이들이여
잠시 만이라도 행복을 논하소서
그것은 당신의 작은 행복 권리라도 찾구려

보세 보세 잘살아 보세

부모가 새 생명을 주어
이곳에 더 좋은 곳으로 만들라고
좋은 것 맛있는 것 새로운 것 모든 지식 등
잔병 없이 튼튼하게 자라서 부모사랑
더 좋은 세상 만들라고 키워 주신
하해와 같은 부모사랑을 보답하세

이 넓은 지구 우주공간에 새로운 세상 보세 보세
힘든 것 다버리고 보세
좋은 세상 만들고 보세 모두들 사랑하고 보세

절망의 세상은 없어라─

인간이 악을 만들 뿐 누구나가
처음은 선한 생명이세
사회의 이익추구와 지배하세가 만든
악의 축일 뿐일세

보세 하세 새롭게 하세

모두들 보세 보세

새로운 세상 보세 보세

오늘 하루

오늘도 하루가 지나가고
내일의 평화가 올지는 모르지만
이 해도 다 지나가고 외로운 맘만 남기고
하루가 저물어 가네

당신의 저문 밤도 내 외로운 이 한밤도
그저 사랑 속 굴레인가 보오

지나가면 다 읽혀질 것을
무엇이 이 속내를 달래 주리오

사랑은 그저 얻어지는 것이 아니라오
무수한 고뇌와 구애
정이란 굴레 속에 이루어지는 것을
내가 다시 가고 오고 간다 해도 당신만은 못하리오

사랑하오

당신이 있는 한 다른 곳에 머문다 해도
당신의 인지는 잊지 않으리

무수한 세월은 한 시대에 지나갈 뿐
그 속에 당신은 나의 미래의 동반자라오

우리 함께 갈수 있는 공간속으로
살아 있는 것은 향상 즐거움을 만드는 것이랍니다

생명치료소(종합병원)

아름다운 이곳 모든 고통 속 시달린 이들에게
백의천사 청아한 목소리와 아름다운 손길 속에
모든 세태의 번뇌와 고난을 풀어주는 이곳,
정신줄 치료소

고통과 번뇌의 병마를 치료하는 곳
이곳은 여러분들의 희망낙원이요
희망천사들의 요람 속에 새롭게 태어나는
영혼의 소리 새 생명이 솟아나는구려

맑은 새들의 합창소리 이들의 낙원이요
이곳은 여러분들의 생명치료소입니다

정신이 맑은 곳 이곳은
세태에 병들고 썩어가는 영혼들을
다듬고 만들고 교체하여
새로운 삶을 지향하는 곳

백색의 교향곡이 흐르는 맑은 영혼의 물소리
어머니의 모체가 되어 향상 새롭게 태어나는 곳

당신은 마음과 정신과 육체가 병들었나요?
그럼 이곳에서 모든 것을 맡기세요
병든 당신을 생명천사들의 손길에서
행복을 찾아 주리오

빌딩숲 사이로

울창한 빌딩 도시 속 숲 사이로 오가는 풍경소리

붉은 매서운 꽃 칼바람 소리도 영롱한
물길 속에 묻어 버린

검은 숲 사이로 헤집고 살아가는 모순들

이곳이 고향인 양 쓰디쓴 참 서리 속에 낭만을
찾고자 하는 별스러운 행각

싸움이란 그저 상대란 적을 두고 싸우는 것

내 편리성을 갖추자고 빌딩 숲 사이로 추잡한
몰골로 생고생하면서 미래 희망을 찾고자
아스팔트길을 헤매는구려

누군가 말했던가?
살아있는 자만이 영웅이라고-

인생이란

이 세상에 힘차게 태어나
네발로 기어 세상의 일을 배워 보자면
두발로 걸으면서 숱한 날 고통과 행복을 맛보면서

다시 세발로 걷기 시작하더니 결국은 네발 다
버리고 길게 누워 맥없이 죽음 속에 사라지고

그래도 편한 맘으로 수명을 다한다는 것은
축복이다

모든 생명은 태어나 이곳에 다시 흙으로
돌아간다는 것이다

죽음을 너무 슬프게 만들지 말라
죽음 속에 새로운 생명을 탄생하리라

공기, 흙, 물은 생명의 근원이요-
이 지구의 모든 생명체를 만드는 근원이라 하겠다

돌장미

덩그러니 돌 속에 피어나는 돌장미 한 송이
장미의 가시도 소용없는 돌더미들

돌장미는 그들을 찌르기보다
부드러운 손길과 아름다운 자태 속에
향기를 뿌리며

차가운 돌더미 틈사이로 뿌리를 내린다

(돌장미는 차가운 돌더미들을 서로 보듬어 주듯
그윽한 향기 속에 스며시 스며드는구려)

수명

아— 슬프도다
짧은 생애 모든 잡생각에
인생의 주름만 하나둘 늘어 가는구나

인생의 막장에 다다를수록
하나둘씩 사라지는 젊은 피하조직들
서로 칼질들 하는 구렁텅이 속들 어찌하면 좋을꼬?

맑은 물 만들자니 어느 천수에
평온성수(平溫性壽)로나
불쌍한 인간이 자기 만성을 위해 많은 생명을
거두는구려

사색무지(私索無止)

생각이 많으면 많을수록 걱정도 많습니다
그저 주어진 곳에 내가 한생명의
뒤안길에 있다 하십시오

그것은 공허
私索無止(사색무지)입니다

저물어

날은 깊어 가는데 돌아오는 님은 없고
해만 더없이 붉은 막만 치고
날아가는 기러기 속에 붉은 머리 속치마 폭에
한숨짓는구려

해맑은 구름 속에 안개꽃 찾아 헤매는
나그네 구름 찾아 이리저리
흘러가는 메아리 속으로 사라지는가 보오

가세나

돌아가세
그만 돌아가세 가세 가세나
산천초목 우거진 나의 보금자리

이 둥근 우주 속에 쳇바퀴 돌던
수많은 곡절을 뒤안길로 두고
수수밭 길 따라 가듯 붉은 오솔길만
흔적을 남기는구려

가세 가세나 나의 고향으로
이 고향 저 고향 본들 어찌 내 곳만 하리오
간다오 이 좋은 곳을 떠나 아무도 모르는
나만의 곳으로 간다오

어딘지 모르지만 내 어미 속에 태어나
갈 때는 어디로 간단 말이오
이 넓은 공간에 어느 한 점의 공백이란 말인가?

뼈골이 백골 된다 하니 먼지 흙으로 간단 말인가?
무엇인들 탓하리 내 인생 이곳이 처음이자
마지막 생인 것을

어딘들 간들 결국은 이 우주 공간에 사라지는
영혼인 것을
무엇을 위해 이곳에서 아득바득 살면서
남을 짓밟는
모진 부와 명을 얻는들 무엇 하리오

한 줌의 낙화유수처럼 떨어지는 물 먼지뿐인 것을

살아 있으매 존속이요
존속 속에 행복이라
현존에 귀속이라

생이란

생이란 항상 즐거움만 있는 것이 아니라
현실이 즐겁다 하고 살다 보면
이곳이 나의 생의 행복이라 깨닫게 된다오

무엇이 슬픔이고 행복인지는
작은 행복 속에 큰 행불행이 혼합되어
현실속 나만 행복이라 하지 말고
서로가 믿고 사는 행복이라-
우리네는 서로가 합쳐야 좋은
행복 속에 사는 것이라오

내가 있으매 네가 있고 너와 내가 있으매
이 세상이 있는 것이라네

웃으매 살고자 하네

이대로 가야 하나

이대로 가야 하나?
어딘가에 내 쉴 곳을 찾아가야 하나

수줍은 젊은 날 무언가에 휩쓸려 지나온 나날들
태어나 무언가 배우고 삶의 주막 등처럼 거세게
살아온 날들

허리 좀 펼까 하는데 벌써 마감시간이 다되어 가네
휴— 뒤돌아보니 저만치 내무거운 짐들이
세월 속에 서서히 흘러가네

무엇을 찾으리까?
이대로 가오리까?

한울을 찾자니 너무 멀리 온 것 같구려
이제 모든 짐을 내려놓고 평온 수명장수하고 싶구려
잘 가세나

한 송이

한 송이 생명의 꽃으로 태어나
수많은 나날을 지나고 어느 날 갑자기
누군가에 의해 나의 생명이 짓밟히던 날

다시는 이곳에 태어나지 않으리라 했건만
또다시 버려지는 생명

다시는 이런 학대가 없는 세상이 되었으면 합니다
한 송이 생명은 귀중합니다

나는 그곳에 꼭 필요한 생명입니다
당신들의 놀잇감이 아니랍니다
내 생명은 귀중한 것입니다

나는 이곳을 떠나려 합니다
아픔의 고통을 견디다 못해
머나먼 곳으로 가려 합니다

내가 없는 세상 이곳은 곧
삭막한 세상으로 변하겠지요

아름다운 세상을 꿈꾸며 태어난 이곳
이곳이 무섭습니다

모든 학대, 파괴
이것은 자연을 망각하는 시련입니다
하나의 생명은 귀중한 것입니다

이곳의 평화와 행복은 당신들의 몫이랍니다
지켜 주세요 이곳의 생명들을—

한겨울의 연가

어두운 밤거리 날카로운 칼질
바람 속으로 스며드는 외로운 몸
추속에 삭막한 도시의 밤거리를 걸어가노라면
겨울 밤 찬 서리가 내 발밑 속깃을 타고 올라올 때

오–
이 밤이 왜
그리도 차갑고 고통의 밤인가요?

나 외로울 때 따스한 사랑 속에 흐르던 봄기운이 왜
이다지도 그리운가요

차가운 사랑 바람은 내 속기운의 영혼을
바람처럼 휘날려 사라지는구나

이 한겨울 지나 포근한 날이 그립구려
이 밤 당신과 함께라면 눈 녹듯이

아스러질 터인데

내 영혼을 빼앗아 버린 한겨울 당신
당신도 어느 날 세월 속에 잠기겠구려

모든 영혼은 변한다오
내 영혼 속 당신 회오리 속에 따스한 한줄기 빛을
이 삭막한 도시를 안아 주시구려

(그런 당신 이곳 평화 사랑을 안기는 그날

내 맘 품속에 깃들어 주시길-)

추운 밤바람 속에

연정

우묵한 청산에 배 아리 삼키며
해들 녘 먼 산 추녀 밖 넌지시 떨구며
흙산에 논설 지고 가리

배심 웅크리고 초질 하는 아낙네 가슴에
움찔거리며 귀밑 저고리 속으로 은구슬 흐르네

붉은 해 질 녘 낭군님 지게머리 움켜쥐며
가슴속 저고리 여미는구려

해야 청산 머리해야!
어득어득 지고 우리 낭군 길 잡지 마라
이내 가슴 속 탄다

해는 서산 숲 사이로 깔딱거릴 때
우리 님 품 사이 속 여미는구려

가야지

가야지 나는 가야지 되돌아가야지
어딘가 가야지 내 님 찾아가야지

어딘가 나를 찾는 그곳으로 가야지
가야지 훨훨 털어 버리고 가야지

가야지 다 버리고 가야지
올 땐 소리 질러 태어났고 갈 때는 밀 없이 가야지

가야지 빈손 들고 가야지
가야지 내 고향 찾아가야지

어-히 어 여차 가야지-
구시렁구시렁 멀고 가까운 길을 찾아가야지

흐르는 새

달리는 말새
누가 이것저것 말하리라
인생의 물소리가 흐르듯
모든 가슴속을 보내야 하니
내가 못나다고 탓하지 말라

너의 생은 잘 살고 못 사는 것이 아니라
네가 생불을 만드는 것이라 하니라

내가 한탄만 할 때
너의 인생은 빠른 세월 속에 묻히느니라

흐르는 곳은 물이 고여 썩지 아니하니라
항상 새로운 것을 찾아 새벽을 울부짖어라
인생은 흐르는 물과 같도다

모든 것이 세월을 속이지는 못하리라

내생은 착한 것이 스며드는
세월이 한곳을 흡착하니라

이 속이 내 속이 아니라 협착 속에
내 어리를 내어주는구려
이곳이 내 살 곳이라 했지만
이곳의 법도가 가히 내 몫이 아니라
이 산 저 산 떠도니 그저 이것이 생사불성이라

왜 이곳이 한 많은 불성인고?
내가 이곳을 평상이라 했는가?
살아 있으매 행복이요

이 세상이 내 생애 보지도 못한 곳이라
행복을 잡으려 이곳저곳 문지방을 두드려 보지만
그저 이 속세가 가는 인생이라
두문불출할 일이라네

생은 날 수가 없구려

그저 따르는 세월에 이 몸 홀로 맡겨 보리라 했건만

이곳은 자중이라 내 한 몸 바쳐

이곳을 평전하지 못할지니

그저 이곳에 천신이라 내 몸 상경하리라

이곳이 싫으면 천신하여 울목하시고

아니면 이곳이 내천이라 하여 속곡 하여

스며드리라

사랑 돛단배

사랑은 아름다운 것이나
서로 간에 신뢰가 없다면 무용지물이라

서로가 믿고 사는 사랑을 찾는다면
하나의 뱃머리가 되어
먼– 은하수를 항해하리라

초심

아주 먼 곳과 가까운 지금의 나 자신을
미래의 무엇이 될지 판단하지 마라

현재의 나 자신 행동 속에 미래가 보인다

새신

갈대밭에 신은 갈대 신
강 넘어 신을 신은 강 신
내 넘어 신을 신은 내 신
내님의 사랑 넘어 갈 신은 갈 신
내 사랑 신은 사랑 신
우산 속바람 속에 흩어지는 바람 신
보고 싶어도 볼 수 없는 내님 신

근목림(根木林)

뿌리 근(根)
나무 목(木)
수풀 림(林)

수풀만 보지 마라 나무만 보지 마라
뿌리가 근원에 원초적이니라

아름다운 숲 속에는 튼튼한 기둥이 있고
그 속에 뿌리가 탄탄하다는 것이다

뿌리의 초석은 튼튼한 기둥 속에
아름다운 가지들이 뻗어진다

추녀마루

흙 추(추녀마루)
짝 둘하나 미련 둘하나 행복 둘하나
저녁노을 속 기다림 너머 속 흙 바람 속

추녀마루 위로 붉은 흙벽돌
먼지 휘날리며 타오르는 용광로 태양

불타는 용광로 가슴 여미며 추녀마루 올라
흙바람 속 용광로 바라보며 타오르는 당신
붉은 입술 속으로 풍덩- 빠지더이다

미덕

살아가는 삶 속에 잠시 쉬어 가는 미덕을 가져라
내 속세가 얼마나 많은 불의를 행하였는지를
뒤돌아보며
미래의 많은 미덕을 행할 것인지를 생각하라
미덕의 행 속주머니를 많이 만들수록 내 짐은
가벼워지니라

기도

만인이 슬픔과 행복을 만드는 기도
그 기도 속에 모든 인간의 희망의 기도가 있다

모든 이들이 행복만 있다면 기도는 없을 것이다
부정적인 마음 사적인 마음 안 되는 모든 것이
작은 소망에 기대어 소원을 빌어 이루어지도록
기도의 메아리가 흐른다

새바람

시원한 스치는 물결 바람 속에
커다란 바위 같은 사랑을 내밀고

고뇌의 숨결을 거칠게 내뱉으며
사랑의 구멍 찾아 휘몰이 바람 속에

새바람 불며 사랑 바람 찾아
하늘 꽃이 흩날려 바람꽃에 흔들린다

하늘 자리

흙색의 하늘을 우러러볼 때
야밤은 내달리는 시커먼 펜슬에
하늘그림자를 움켜지며 내던진다

내 숨 자리 하늘 자리 편중의 소리 자리
하늘 그림자 속에 나란히 속삭이며 이곳을 지킨다

유심초(流心礁)

유심초 라

이 모든 사물에 어릿광대 보듯

새록새록 향야(香野)는 모든 이 속이

터 보불삼(寶不森) 터라

내고야 심의심장불타니

(耐考野 深義意心長不他你)

추심 고 생양치 불생환골 이라 살매 유진 터

(追心 孤 洼洋峙 不生煥骨 殺埋 流珍 攄)

실매 유생이라 매불 상서 평온지마

(實梅 有生 賣不 祥徐 平穩)

사서곤경이라 생고 마 생

(死徐困慶 生孤 麻 生)

[인생은 유심초라 했다 사물에 얽매이지 말고
이 고생 저 고생한들 무엇이 다르오
그저 품어 준 이곳에 풍요롭게 살다가시오]

사심에 적어

죽생

죽을 날만 기다리는 사람들
당신은 생의 즐거움을 만끽하시나요

짧은 인생을 헛되이 사신 당신
이제 죽을 날만 기다리는 당신
허송세월 보낸 당신

무엇을 할까 하는 당신
서러운 당신

마지막 순간이라도 행복 속에 살다 죽는
행운을 얻고 싶다
흙이 되어 진토가 된다 해도
무엇이 내 마음의 허실을 울어나 줄까

마음과 마음속에 빚어지는 생애
누구를 위한 삶인가?

내 이 슬픈 하루하루를
외롭고 쓸쓸한 나날을 지내는 것은 무엇인가?

다시 돌아가고 싶다
이미 늦은 모든 것-

살아온 날이 죽을 날만 기다리는
테두리 속에 살았다는 것이
너무나도 허실인 것을
이제라도 삶의 부를 누리고 살고 싶다

세월아! 네월아!
사심 없는 숨소리에 내 고독을 담고
무지개 황혼 속에 춤추고 싶어라

살고 싶다

살고 싶다!
내 안에 죽음이 잔뜩 도사리고 있는
이 죽음의 늪 속에서 헤어나고 싶다

아–
살아나야 평행을 이루니 다시 살고 싶다

죽음의 신이시여
나의운명을 비껴다오

한 백년을 산다 해도 싫고 그저 이곳에
내 삶의 전부를 나의 사랑하는 그들과
오순도순 지내고 싶구나

아름다운 시절

아름다운 시절 다 가고
사랑하는 이 보내고 새로운 뻐꾸기 찾아
깊은 곳에 자꾸 빠져들고

헤어나기 힘든 곳까지 다다른 나의 소쩍새
누군가 깊은 사랑도 못하고
이렇게 허무 속에 사라지는 걸까?

아— 깊은 한숨 속에
검은 흑막 속으로 소리 없이 사라지네

내 골은 간 곳 없고 슬픈 사랑도 희망도 없는
세계로 빠져들고 이제야 깨닫고 희망어린
사랑이란 것을
하려 해도 무고 필경이라 아무것도 없구려

희망을 가진들 무엇이 내게 남는 걸까?

사랑 동반자

오늘도 하루가 지나가고
내일의 평화가 올지는 모르지만
이 해도 다 지나가고 외로운 맘만 남기고
하루가 저물어 가네

당신의 저문 밤도 내 외로운 이 한밤도 그저
사랑 속 굴레인가 보오 지나가면 다 잊혀질 것을

무엇이 이 속내의 가슴을 달래 주리오
사랑은 그저 얻어지는 것이 아니라오

무수한 고뇌와 구애 속에 정이란 굴레 속에
이루어지는 것을
내가 다시 가고 오고 간다 해도 당신만은 못하리오

사랑하오!
당신이 있는 한 다른 곳에 머문다 해도

당신의 인지는 잊지 않으리

무수한 세월은 한 시대에 지나갈 뿐
그 속에 당신은 나의 미래의 동반자라오

우리 함께 갈 수 있는 공간 속으로
살아 있는 것은 항상 즐거운 것을
만드는 것이랍니다

하늘 비

물가에 흐르는 강물 위에 쏟아지는 하늘꽃이
장대비가 물보라를 일으키며 내리 꽂는구려

왜 이리도 슬픈 것인지
누가 하늘을 원망하는지
그저 슬픈 것에 원망스레 하늘이 여기저기
천강구름 구멍을 마구 수도꼭지 틀듯 틀었나요

하늘이시여-
우리가 아름답고 고운 지구를
마구 훼손한 죄인가요?
무엇이 그리 슬픈 것인가요?

지구가 너무 뜨거워 그러신가요
아니면 인간이 이 지구표면을 너무 막아
지구가 숨을 쉬게 하기 위함인가요

하늘땅이여 노하지 마소서
서서히 하늘땅을 인식하고 있나이다
이 지구가 모든 생명체의 주인이란 것을 깨닫고
새로운 것에 직면하고 있습니다

하늘땅이시여—
조금의 희망과 시간을 주시고
이 지구의 생명체에 새로운 새싹이 피어나도록
결성이 되게 하여 주소서

비 구름 땅 공기 바람
모든 것이 저의 생명체입니다
이제 모든 것을 용서하여 새롭게 편하소서
빗속에서

사진첩

오래된 사진첩에서 문득 나의 과거가
흐르는 물결처럼 반짝이며 뇌리를 스치는 순간
아- 전에 못다 한 일들이 번개처럼 스치며
내가 살아온 이 길에 미래가
주마등 처럼 흐르는구나

과거 현재 미래가 겹쳐 눈 속 깊이
파고드는 인생 도태가 보이네

나의 어떠한 모습 사진이
미래에 겹쳐질까?

온실일까?
가실일까?
비실일까?
허실일까?

이 모든 것이 시대의 흐름과
나의 결단력이 필요한 시점
현실을 아는 순간 다시 태어나리라

나의 참된 모습에서
이 세상에 나의 푸른 꿈을 펼쳐
작은 행복성에 안착하고 싶구나

작은 물결은 커다란 물결을 출렁인다

내 곳은 희망

마음은 고달프나 항상 즐거운 행복을 느낀다고
뇌 속을 충동하면 그곳이 천국이요
마음의 안식처이니라
모든 두려움은 자신의 마음에서 비롯되는 것이다

항상 희망과 소망의 빛줄기를 향해 손을 뻗으세요
당신은 행복합니다
당신의 축복을 기원하는 분들이 많습니다

인생

인생은 길고 생각은 짧다

생각은 깊고 인생은 짧다

세월 구름

뜬구름 잡으며 살아온 인생 결국은
흐르는 세월은 주름 속에 묻혀
허송세월 딱지만 붙는구려

아- 붉은 피가 솟구쳐 내달렸건만
지나친 세월 구름은 피할 길이 없구나

한세월 지나쳐 온 길을 되돌아보니
이 무슨 개 같은 세월을 보냈단 말인가?

아- 슬프구나
세월을 잡아당길 수도 없고 누구를 원망하리-

내가 잘못된 생을 쳐다보며
뜬구름 속을 헤맨 내 자신이 원망스럽구려

이제는 조그마한 안식처라도 만족스럽게

이 한세상을 살고자 하노라

세월 강물아- 서서히 흘러가다오
이내 몸이 타들어 가는 내 한탄의 시련을 듣고
나의 마지막 길에 행복 조약돌이라도 깔아 주구려

세월 강물 속에 떠다니는 물새처럼
힘찬 뱃놀이 가세나

허 이허 이 내 죽순다리처럼
힘차게 움직이려 나 볼까 하노라
물 고동소리 울리며 이 한세상을 평정하리라

세상은 먼데 갈 길은 짧구려
이내 몸 받쳐 주는 발길은 한없이 무겁구려

마지막 서막은 나를 위한 서전이라 하노라

하늘 멍개구름 솜사탕 같은 세월만 품어 주구려

사랑은 가고 인생 고생 가고
허무만 보이는구려
달리는 세월 열차 속에서

무상

작은 샘물은 마음의 정결이요

흐르는 좁은 냇물은 생명의 핏줄이요

깊고 넓은 호수는 마음의 창과 심장이니

흐르는 강물 속에 길고 짧은 인생도화요

커다란 바다와 깊은 물속은 하나의 고수를

지나온 나의 인생무상 록 극사무지라

(人生無想錄 極死無地裸)

(인생은 아무것도없다 죽을때는그저 땅속에묻힐뿐)

내 사랑 당신

사랑하는 당신 내 속을 뒤집어 놓은 당신
당신의 아름다운 사랑을 받고 싶은데
당신은 한 발짝 멀리 떨어지는구려

내 당신의 빈자리를 채워 줄 수 있는 공간을 주오
당신 없이 나 혼자 한시라도 있기가 힘들구려

여보!
당신이라는 두 글자가 내 가슴속에
붉은 피로 솟구쳐 불 화산을 이루어
온 바다가 붉은 피바다가 되는구려

사랑하오-
당신의 모든 것이
내 육신을 파고드는 아픔을

이제는 당신을 바라보는 것이

하나의 돌비석 되어
당신이 내게 살며시 다가와
사랑의 생명을 불어 주오

당신 눈동자와 심장과 한 몸이 되고
조금이라도 당신이란 사람에게
나의 깊은 사랑 이야기를 들려주고 싶구려

함박눈

함박 눈꽃이 소리 없이 온
세상을 하얗게 물들이네
함박눈이 내리는 모습은
내 마음에 하얗게 쌓여만 가네
소복이 쌓이는 눈

눈 속에 영롱한 보석이 아롱아롱 맺혀
내 가슴속에 차곡차곡 쌓이네

하얀 눈꽃 위에 내 발자국 소리가
사각사각 소리 내며 뒤따라오네

마음도 하얗고 아무것도 없는 무지 속에
새로운 생명이 솟아나네

내 눈꽃님은 언제 오시려나
펑펑 함박눈 맞고 하얀 서리꽃 되어 오시려나

날은 어둑어둑 지고

함박눈이 어둠 속에 사라지네

춥다

오늘은 눈보라가 휘날리고
칼바람도 불고 너무 춥다
그보다 더 추운 것은 마음 같구나

집에 들어가도 춥고 나와도 춥고
어딜 가도 춥구려

정도 없고 사랑도 없고 매정하게 산다는 것은
하나의 생명이 없는 기계와 같고

반쪽만의 인생을
반쪽 없인 못 산다 해도
내 몸과 마음은 이밤이 한없이 추운가보다

풍산등생(風山燈生)

하늘은 바람 따라 흘러가고
내 산바람은 구름 따라 흐르고

세상은 내심 평온하듯 고요하고
산 따라 바람 따라 풍전등화 오막살이
누어 산 넘어 검푸른 바다 속에 묻혀
하늘 위 별 은하수 건너 살아온 발길

하늘 사랑 별빛 무지개 만들며
이 부평(浮評) 같은 낙원을 동철(冬鐵) 없이 살다가는
문풍지 속에 쓰다 버린 낙엽처럼
바람에 사라지네

청향님

좋은 곳에 선녀님처럼 곱디고운 옷 갈아입고
살포시 흐르는 구름에 머물다 오십시요

내 님은 항상 꽃이라
아름다운 향기만 흘리고 다닌다오

당신은 내 품에 한없이
기쁨과 사랑이 넘치도록 가슴을 치는구려

좋은 곳에 머물다 가는 님
고운 생각만 하시구려
당신이 무엇이 두렵습니까?

무엇이 아름답고 무엇이 못났다고 하시나요?
내가 행복이요 내가 원하면 그것이 곧 인생인 것을

내 마음의 아름이 넘쳐 있으면
그것이 행복이 아닌가요

청(淸)이야

당신의 아름답고 섬세한 모습에
내 눈에 한껏 사랑의 보석이 되어
당신이란 여자와 한 세속을 살아온
시간들이 너무나 야속하오

당신과 아름다운 시간을 헛되이 보낸 세월이
꺾어지는 노목처럼 늘어지는구려-
세월아 시간아 사랑아

당신과 마음 한 덩이 되어
꿈 덩이 속에 천성 구름 속으로 훨훨
덩 설 꿍 스리 날 아 가 리(덩실춤추며슬며시날아간다)

연이란 그저 스쳐가는 것 같은데
어느새 내 곁에 스치는구려
멍 속에 커다란 것을 메고 살던 때

당신을 만나고 그저 짧은 시간이나마
긴– 아름 이를 보았소
이곳을 떠나 다른 삶을 산다 해도
당신이란 청아함을 잊지 않으리

인생의 세월이란 흐름에 물 건너가듯이 가지만
회오리 돌듯 우주 속을 떠도는 영혼과 같도다

내 우주 속의 혼을 담아 영원 속에 남아
내 님을 내 품에 안겨
당신의 기혼과 영체가 하나가 되어
구름과 떨어지는 폭포수 물방울처럼 무지개 되어
하얗게 펴져 하늘 높이 날아
물 나리가(물보라는뜻) 되어 영원 불되리라

그저 살다 싶으면 살아가시오
한세상 짧은 것이라오

124

살다 보면 흔적도 없이
한 줌도 안 되는 도색이라오

세월은 누군가 있다는 것이오
내가 간다고 누군들 알까마는 이 세상
한번 왔다 강물 속에 흘러
공기 속으로 사라질 뿐이라오

허 허 껄껄 하도다
슬프고 기쁘다 그저 편한 마음으로 살다가구려
껄껄거리다 가는 백지장 같은 인생

세월아 시간아 사랑이여—
청이야, 잘 있느냐?

새벽어둠에 홀로 앉아서

사랑의 적비

준비 없는 이별 속에 그 사람은 떠나가고
세월의 뒤안길엔 정처 없는 물결만 같고
하염없는 적비 속에 애달픈 기적만 울리네

세월아 나는 가고 너 없는
지평선을 찾아 공설로 돌아가리라
흐느끼는 초롱 속에 내 무슨 평온을 찾을까?

사랑 사랑 목록 주점 같은 사랑
그나마 주점 없이 울고 있는 나의 사랑아
세월이 간 듯 무엇이 두려우랴

보고 싶을 때 생각하며 찾아올 것을
내 주인은 누구일까?

포로가 되어 멀리 행복을 꿈꾸고 싶어라
해야 새야 산골이야 우리 님 찾아 어디로 갈꼬

적비가 내릴 때 우리는 하나가 되어
영원의 꽃을 피우고
새로운 삶을 피울 때 나는 당신을 위해
영원한 샘물이 되리

푸하고 넓은 하늘이 나의 눈을 가리고
내리는 적비가 온 세상을 붉게 물들 때
우리는 하나의 불새가 되리라

익어 가는 물고기는 살고자
무언의 그림자가 된다

세상 풍파가 하늘이 찌르니

온갖 푸른 하늘은 무얼 찾아 헤맬까

사랑은 혼자이고 나만 살면

무엇이 즐거운가

님이여- 나의 사랑의 비를 타고 오리오
그대의 가슴에 묻혀 살으니 오직 행복만이 남으리

애(愛) 적(赤) 비(悲) 유(柳) 상(喪) 애(愛) 풍(風) 허(噓)
색(色) 록(綠) 적(赤) 조(鳥)
[사랑은 붉은 빗속에 아름다움을 추구하나
버드나무 같은 유하고 질긴 사랑은
많은 풍파 속에 살으니
허세에 물들지 말고 새록새록하게 불새가 되어라]

슬픔은 가고
난간만 남네

초원에서 그대를 기다리며-

사랑이 머문 자리

사랑이 머문 자리는 아름답다

내가 좋아하는 것
내가 싫어하는 것
이 모든 것을 버리고 사는 사람들
그들은 무아에 빠져 버린 사람들

행복은 내가 가질 수 있을 때가
제일 행복이라는 것

추밤

밤은 어둡고 가는 길은 스산하니
쳐다보는 하늘은 검은 별빛만 반짝이고
속 타는 마음 잿빛만 쌓여
가로등 불빛 속에 흩어지네

지나가는 낙엽처럼 가는 이 보는 이 없는
길바닥에 털썩 앉아 먼 하늘 바람 구름 별빛을
내동댕이치며 가슴을 쓰다듬으며
이 한겨울밤 차가운
턱밑을 추스르며 갈 밤을 생각하네

뜬구름은 망상 속에 사라지고
희망은 세월 속에 묻혀 이 밤을 슬프게 하는구려

추운 밤길에서

청-아!

청아 청-아 !

홍실청실 묶어서 청산가야 산 너머 흘러가고
청아한 당신 청실홍실 묶어서
백설 같은 하루하루를 보내고 싶구나

청아! 내 사랑 청아-
내 당신을 볼수록 내 가슴만 후비는 당신
당신과 함께라면 이 모든 것을 다 주리리

사랑하는 청아
맑은 하늘 청아
청청이 맑은 당신, 청-아!

처막 살이

물안개 치올라 산 수막 턱에
우리 님 처막 살이
걸쳐 앉아 서산 넘어 가신 님
못 볼 세라 안개꽃을 뿌리는구려
서산도 넘어가고 하얀 안개 붉은 안개 뒤섞여
검은 머리만 남네

굵은 밤 깊어만 가고
저녁놀을 새는 흔적 없이 사라지고
처막집 호롱불만 흐느적거리며
가신 님 다시 오기만 기다리네

외톨이

아— 나는 혼자입니다
아— 모두 다 떠나고 없는 이곳에 혼자 남아
허공만 바라봅니다

그리운 가족을 생각하며 여지껏 살면서
내가 여기 있기까지의 삶을 살게 해 주신 부모

내 스스로 갈 길을 선택 못해 힘들게 살아온 인생
과거에 살았던 기억들을 생각하며
슬픈 눈물이 납니다

이제는 혼자 외롭게 살다갑니다
아무것도 없이 혼자 누구를 원망합니까?

내 자신 가족도 없고 이렇게 쓸쓸한 곳에
누워 조용히 눈을 감습니다

안식처

아– 어딘가 떠나고 싶다
당신은 나의 새로운 안식처 찾기를 손꼽아
기다리는 당신
당신을 잊고 새로운 안식처 찾아 떠나고 싶다.

하늘 녘에 다다른 처마 끝에 석양 물들일 때
기러기 한 쌍 들녘 넘어 살며시 사라질 때
당신과 땅거미 이슬 맞으며 숲속사이로 스며들 때

아– 당신은 내 꿈속에 온갖
내 별천지 모습으로 다가오는구려

떠난들 내 초라한 모습
당신 그림자를 못 벗어나는구려

이것이 꿈인들 당신 사랑 버리고
이 밤 고독의 밤으로 보내는 마음

찬바람이 목깃을 스치고
사랑 바람 속깃을 스치며
따스한 당신의 목깃을 스칠 때

이내 마음은 당신 따라 하늘하늘
당신 곁에 다가가는구려

사랑은 목숨보다 귀중한 것인가?
당신에게 묻고 싶구려
한순간의 사랑은 이 목숨 바쳐
사랑의 절규를 하지만
기나긴 쓴 사랑은 한 목숨이 붙는구려

당신이 그리워 울며불며 소리쳐 불러 봐도
당신은 보이지가 않는구려
멀리 떠나간 당신 이제 당신 곁으로 가고 있네요
당신 없는 혼자인 내가 무슨 희망으로 산단 말이요

담

나는 담장입니다
누구든지 나를 지나칠 수 없습니다
나는 누구를 위해 가로막고 있는지

나, 담은 이 세상을 가로막고 비밀을 지킵니다
아– 이제는 비밀도 없고 깨끗한 세상에서
살고 싶습니다
검은 장막을 거두고 밝은 세상을 만들어 주세요

나, 담은 약한 이들의 어깨가 되어 주지만
또한 악한 이들의 담도 된답니다

우리 모두 장막이 있어서는 안 되는 줄 알지만
담은 나의 기둥이요 나의 생명 줄이라

담?
누구는 나의 몸을 잡고 기어오르면서

아름다움을 주는 것도 있지만
나에게 남은 것은 무심한 넝쿨과 가시나무

아− 나는 아름다운 장미가 나의 몸을 간질여 주며
향기가 그윽한 꽃내음을 뿌려 주는 그때가 좋다
때론 장미의 가시가 나의 옆구리를
긁혀 조금 따갑지만

나, 담은 모든 이들에게 좋은 벽이 되어 주고 싶다
담이 없는 세상은 나의 마음속에 평화가 찾아오는 날

나, 담은 누구나가 쉴 수 있는 동산이 되어
넝쿨도, 가시도, 장미의 향기에게도
모두의 쉼터가 되리라

한강수

한강수에 취하고 바람에 흔들리고
여인네 버들가지에 늘어지고
출렁이는 물살에 세상근심 마셔 버리고
이 한세상 뱃놀이에 취하려 하노라

수평선 넘어 아지랑이
긴 고랑 물고기 하늘거리며
붉은 노을 숲으로 사라지고
검붉은 머리깃 댕기 여미며 취하수 노래 부르고
이 한세상 평온 자리 하노라

문창지(雯創紙)

문창지 귀(鬼) 눈(嫩) 기울이고
호기 어린 뱃살 문창 사이로
누군가 속삭이네

내 눈 귀가에 아름이 퉁소가 흐르고
앞 냇가에 살리는 물소리
내심의 음파를 달래 주네

허 미(虛 楣)와 허 속에 하늘을 보니
천지문(天地門)이 왔다 가는구나

앞은 천지요 뒤는 암흙이니
냇가에 무지개 띄워 날 오라 하는구나

문 앞에 창을 보니 문 귀가 열리니
아련한 후미가 나를 달래 주네

문창지는 창 한장 사이니
내 어찌 발을 딛지 않으리요

허실은 비어 있는데 내 앞은 어디도 없네
하늘구름이요 땅의 내심이라 마음 타고 흐르리라

세속 희망

세상은 참으로 어려운 삶이라고 한다
그러나 실망과 실패 속에서도
새로운 인생이 흐른다는 것이다

누가 누구를 탓하기 전에
내가 무엇이 잘못인지를 생각한다는 것은
인생의 새로운 발돋움입니다

내가 있기에 남도 있는 것이다
내 인생의 죽음 앞에 나설 사람이 누구인가?
없다 나는 내가 되고 내가 이 삶의 고뇌를
커다란 생명의 동아줄로 바꿔야 할 것이다

우리는 작은 절망 속에 살아온 인생의 반려자 이다
나 이 모든 것을 걸어 인생의 평온을 찾는다는 것은
하나의 소망일 뿐이다
현재를 중시하고 내일의 희망을 갖는다면

또 하루의 새로운 미래가 생길 것이다

내가 있으매 이 고난의 하루가 시작될 것이다
아― 희망이여 자유여 누구를 위한 미래인가?
그저 한세상 왔다가 스쳐 지나간
인생의 하소연을 받아 주오

내 너를 위한 이 한세상을 만들지 못한
나를 원망하랴
허나 나의 속된 속물 속에
미물의 파괴가 이루어지나니
나의 작은 소망만이 이 평온의 한세상이 올 것이다

욕심 속에 미련이 남는다면
나의 있는 이곳이 무너질 것이다
허실 속에 미속이 남는들 무엇이 아까우랴
그저 흙과 삶이 같이 움직임 속에

밝은 미래가 올지니
내너를 욕심속에서 세속희망을 주리라

학아 밝은 학아
모든 고뇌세속을 잃어버리고 세속희망 평화로세

내가 작은 것이라도 만족 속에
행복이 있는 법 그것을 알기에
이곳을 떠나 아주 먼 곳을 가고 싶구려

그저 이곳이 좋아
슬프고 불행해도 만족을 느끼며 살아가리라
없으면 없는 대로 있으면 있는 대로
그저 하늘이 주신 뜻을 가리며 살아가소서

새벽에 바람 부는 밤하늘을 보면서

간다네

떠나간다네
나는 간다오

이곳을 떠나 아주 먼 곳으로
미지의 세계로 떠난다오
그곳은 아무도 모른다오

그저 생명이 있는지
그것조차도 알 수 없는 곳이라오

무엇이 나를 자꾸 끌어당기는 것 같구려
이곳저곳 흘러가는 뜬구름 같은 곳이라오
당신도 생명의 근원을 찾아가는 것인지도 모르오

살면 살다가는곳
내 이곳은 다생이라 하오
그러나 이곳저곳이란 무엇인지 모른다오

그것은 내 새로운 곳이라네 내가 떠난다네

이곳을 떠난다네 아무도 모르는 그곳으로 간다네
주야장천 무엇이 그립더냐?

그저 곱게 이곳을 떠나 미지로 가시옵소서
그곳이 더 좋은 것이라도 생소할 수도 있더이다

현고타방(顯考他芳)이라
무한 무한지고피지파생(無閒之孤避知把生)이네

흐르는 길목

흐르는 길목 속에 외로움을 흘러 보내고
누군가 기대 속에 누워 보니
이곳이 내 길인 것을
무엇이 넘치고 무엇이 복행인가?

아름다운 풍경 그림 소리
내생에 좋은 것 나쁜 것 모두가 흘러가는
길목 속에 풍경인 것을 꿈인들 기억하랴

내 흐린 참된 마음 창을
누군가 볼까 노심초사 하며 흘러온
길을 되돌아보니
지나간 세월물길만 깊이 패이는구나-

아름다운 이곳을 허영과 파괴 속으로
내몰고 간 우리네들
속절없이 흘러간 세월 속에

이곳을 헤어날 길이 없고 남은 건
얼마나 이곳에 오래 버티는 것은 당신의 몫 인 걸-

참뜻은 내생이요 참사랑은 이곳을 지키는 것이라오
자연 사랑으로 만져 주오

이곳은 당신들의 고향이요
생명의 원천인 것을

이 지구 사랑은 마지막 남은 당신들 몫이라네
귀한사랑 자연사랑 누군가 남겨 줄 사랑
공든 사랑 역사에 남길 사랑

무수한 사랑 속에 모두 남기고 가세요
그것이 이곳을 위한 마지막 공헌입니다
좋은 시련만 남기세요

산술 목 놓아

산 너머 산등선에
해가 안간힘을 쓰며 떨어지지 않으려고 할 때
넌지시 발로 툭 차며 세월이란 멍석을 뒤집어 놓고
산등선 위로 달려가 보니
검은 그림자만이 내 발등을 누르고 있구려

해는 뉘엿뉘엿 떨어지고
지평선 따라 날아가 보니 붉은 달만이
힘차게 솟는구려

해야 해야 솟아라
내 청춘 다 버리고 널 쫓아가련다
가다 보면 종달새 지저귀는 천상귀가
내 맘을 속삭이며 하는 소리
멍 뚫린 가지 위에 너의 수명을 왈가불가 하노라

생불일체 하라 너의 생은

오직 하늘도 아닌 네 맘속에 가득하리니
보채지 마라
인생은 한번가면 돌아오지 않는다,

가는 님 붙잡지 아니하고
해질녘 솥에 밥 짓지 말고 쳐다보지도 말라
밤새가 지저귈라

밤새가 울 때 내 맘은 갈수록 슬프구나
저 산 너머 해질녘에 산새들은 울부짖는구려

가련한 생들이여—
살다 그만 그만한 것을 무엇을 남기려 하는가
있는 그대로 가거라
그것이 곧 이곳 자손들에게 평온을 줄 것이다

행복은 찾는 것이 아니라

내가 만드는 것이니라

솔아 솔아 깊은 잠 솔아
이곳을 떠나 깊이 숨은 내 영솔아–

가니 가니 슬픈 목 솔아
지평선 끝에 목 놓아 울부짖는구려
가다 보니 길거리에서

외로운 날

외로운 날 당신이 주신
사랑의 달콤한 멍구름도
하나의 퍼즐과 같은 노생인 것을
내 외로움을 동행해줄 반생이란 아름다운
노년을 사랑스런 당신과 영혼하고 싶구려

그저 하늘과 땅의 서신이 무엇인들 아끼리오!

그저 마음 가는 대로 당신과 평생 하고 싶구려
생의 마지막 멍이란 놈의 하직이라오

살아가매 행복이요
더없이 좋은 사랑은 인의 마지막이라오

사랑하오 당신의 모든 것을
어느 날

사랑하는 당신

사랑하는 그대 당신 없는
이곳이 아련한 미궁이라오
당신 없는 곳이라도 내 당신의
헌신적인 미적 사랑을 모르리오

여보!
당신 없는 이곳이라면 내 어찌 이곳을 탐하리오
당신 너무나 사랑하오!

여보!
당신과 내가 서로가 합쳤을 때
당신과나 주어진 운명이라 하나요

사랑하오!
당신과 나의 운명적인 사랑을-

여보!

우리 이곳에 있는 한
당신과 나의 운명적인 영원한 사랑을 부탁하오

무엇이 슬픈 것인지 아름다운 것인지
가난과 슬픔보다 더한다 해도 당신 사랑만
있다면 그것으로 만족 하오

우리가 정도 사랑도 없다면 어떻게 산단 말이요
내 당신을 영원토록 사랑하오!

슬픈연꽃

슬픈 연꽃 밑 구덩이 험한 곳에 태어난 아름 꽃
모든 초기성은 고통과 가혹한 고뇌 속에
무지 현혁한 아름다운 모습

번뇌 와 고통 속에 피어난 슬픈 연꽃
누구를 위한 아름 꽃이라 하나

보기 위한 것이 아니라 인간과 상종된 모습이라
그들의 모양을 아름일까?
그것 자체가 인간이 만든 구실 속에 아름연꽃이라

왜 슬픈 연꽃이 애처롭다고 할까?

그들은 그들만의 공식에 의한 삶일 뿐
무엇이 무엇을 보고 있는가?

슬픈 것이 아니라 아름다운

자연의 색인지라 슬픈 것 외로운 것
환한 것 기쁜 것 행복 것 모든 것 다 버리고
자연에 의한 모든 희열을 가질 수 있는 너
나의 꽃이 그립다

슬픈 연꽃이여
우리들 가슴속 깊이 심어 줄 아름연꽃은 없나요

내 행복 내 슬픔 모든 것
이 한 송이 슬픈 연꽃에 몸을 실어
모든 상념 을 버리고 이 연꽃에
살며시 스며 살리라

청사초롱

호연 속에 새 각시 시집오던 날
시집 청사초롱 불 밝힐 때

어둠 속에 환한 새 각시가 눈물 자국 얼룩지며
초롱초롱 살피니 이곳이 나의 생이로고 하니
서방님 얼굴 앳된 미소에 사로잡혀
모든 잡다한 고뇌가 어느 뫼산이요

내 삶의 풍 요리 어디매 고향인가 하노라
부모 형제 산간이 없다 하나
청산에 불 밝히며 희희낙락하리

새는 먼 산에 지저귀며 새로운 날을 소리쳐 부르며
내 청사초롱에 불 밝혀 주네

새야 새야 청산 새야 내 어미 부끄럼 없이
살다간다 해다오

이내 마음은 아직도 내산부천이라네

산야 산등선 구름에 이 몸 강산에 실어
슬며시 멀리 날아가고 싶구나

새는 날아가고 싶은 곳으로 가지만
내 맘은 어딘들 못 갈 소냐
청산갈산 초롱이 해 달을 적에
보고픈 우리 네 님은 어디 어디
소쩍새 울 듯 헤메고-

새 각시 눈물초롱 한 방울에
보랏빛 수연이 한 연못을 이루어 생사 초롱 빛나네

수새야
이 어린 새 각시의 어린 못정을 탓하지 마소

이승 저승 간다 한들 무엇이

홍사초롱 인지 모른다오

내 사랑 새아가야 청사초롱 불 밝혀라

이내 몸이 각시 타령 한다네

혼미 혼사랑

내 각사랑 모난 것이라

해풍

해가 가고 달이 가고 정든 님 떠나가고
하늘은 맑은데 새털구름은
나의 마음을 허전하게 하는구나

당신과 인연은 하늘이 맺어 준 것을
다른 님 따라간다 말아요
해풍에 이 몸 실어 하늘 바람 타고
서산 넘어 사라지누나

사라지는 명줄

해 질 녘 인생명이 서서히 사그라지는구나

오만 가지 살아온 내 인생의 희로애락을 담고
짧은 길을 달리고 있노라면
하루하루가 생명의 기쁨이요
삶의 행복이라 하겠다

힘들다고 생각 마라
생명의 탄생부터가 힘들게 용트림 하니라
내가 힘들다고 남을 탓하지 마라
어느 순간에 짧은 행복이 긴 여행
미지의 세계 속으로 사그라질 수도 있나니

나의 행복 그릇은
얼마나 많은 고뇌와 시련 속에 만들어졌나?
욕심도 흔적도 버리고 갈 때는
항상 빈손과 빈 몸으로 가니

갈 때는 자연 그대로 다시 놓고 가거라

빈부가 크다 하여 빈이 부를 부러워하고
부가 빈을 우습게 보지 마라
빈부를 뒤집으며 부빈이요
부와 빈은 손바닥 뒤집기이니 너무 자만하지 마라

생이란 그저 이곳에 태어나 이곳의 흙이 될 뿐
모든 것은 이곳 주인에게 모두 주고 가느라

마음과 영혼은 하나이나 생각은 서로 다르니
살고자 하는 마음과 영롱한 영혼을 추구한다면
마영(魔靈)이 하나로 이루어
행건(幸健) 삶이 될 것이다

평온천(平穩天)

고운 새는 이슬만 먹어도 사생이요

평온천(平穩天)

마음구생이라

마음 휘– 구름 휠–

도가 마음은 천운도(天運道) 안평(安平)이라

천 평 만평 고생도 평천 앞에 눈 녹듯이 사라지도다

새털구름

새털구름 바람 흘러
샘물은 낮은 계곡 속에 스며들며
내 님 구름다리 바람 따라 오시나요

구름에 내 몸 실어 물결 따라
이제나 저때나 구름에 맴도시나요

새털 같은 짧은 도생도 이 맘 영혼 실어
이 새털구름 건너 영생구름 타고
한세상 후벼나 볼까 하노라

새 맑은 샘물은 나의 맑은 영혼 속
요지경 샘물

매인 정

모든 것이 사랑이란 두 글자에 모든 것을 담지만
그것은 한낱 매인 정이라 하겠다
그 정이 깊은 상처 되어 사랑이란 두 글자가 태어났지

내 너를 못 잊어 깊은 곳에 못 박혀 있지만
어느 누가 너를 애타게 볼 수가 있나

이 모든 것은 깊은 정 모든 사물에 대한 정이라 하나
내 너를 나 자신의 모든 것을 걸고 사랑 하리

아무것도 없는 하나의 사물인 것을
이것이 과연 내 모든 것을 지켜 줄 수 가 있나
아- 사랑의 육박자가 이루어진다면
그 이상의 허상이요 허원인 것을-

모든 것에 사랑한다면 새로운 낙이 된다는 것을
누가 무엇이 되든 모든 것에 감사하고 사랑한다면

세상이 병들어 암울한 날이 온다 해도
이건 그저 작은 멍이라오

이곳은 크게 흔들면 다시 태어나는 곳이라네
죽음은 쉬워도 살아 움직임은 힘들 뿐이라네
내 갈 길은 오직 이곳의 평온이라네

인생 시공

사공이 간다 한들 그곳에서 벗어나기 힘들고
내가 간들 이곳이 한 뼘인 걸
무엇이 시공을 한들 간들 무엇 하리

그저 있는 곳이 내주변이고
내가 사랑한 이곳에서 벗어나
갈 곳이란 그저 무한궤도요

나 혼자 갈 곳이 어드매뇨
혼자 가는 인생

내 곳과 내 갈 곳은 이 세상인 것을
무엇이 참담하단 말인가?

이곳이 내가 살아가매
행복이라 하노라

사랑 살아 고개로 넘어가며

아리랑 인생 고개를 살포시

날 넘겨주시구려

허공 속 인생시공 구름이나 저어볼까나–

매설화

눈꽃 속에 피어오르는 붉고 하얀 설화
그대는 정녕 나의 가슴속에 설 매화를 뿌렸는가?

매화야!
매화야!

너의 하얀 눈꽃송이 날리며
내 설화를 거두어다오

흐느끼는 파도 소리 하얀 물방울
속에 피어나는 무지개여

매도 설도 화도 없는 하얀 눈꽃 속에
붉은 설피를 뿌리는구나

하얀 설화 속에 붉은 매꽃은 생명의 불씨가 되어
당신의 설매 같은 마음에

내 타오르는 붉은 매꽃이 되고 싶구나

매설화!
당신의 하얀 마음을 내 청아한 소리에
당신과 한 몸이 되어 붉은 매설화가 되고 싶구려

설화!
매설화 당신은 정녕 매정한 꽃인가요?
나를 한 번이라도 쳐다보오

하늘 위 내가 당신을 지키느라 이렇게
하얀 눈꽃송이를 뿌리는 것을–

평천초

하늘엔 푸른 청 뜬구름 흘러가고
바다엔 오색무지개 피어오르고

산천초목에는 살아 숨 쉬는 만물이 소생하니
이 아름다운 곳을 마다하리오

앞은 바다요 뒤는 산이요 옆은 강이라
하늘 맑은 공기는 나의 정신 줄을 세우고
땅은 생명의 흙이니 나의 생명을 주니
산해 초목지강(山海草木至剛)이라
이 평천 초가에 한평생을 살까 하노라

천년 찻 손님

천상에 누워 산등성 너머 노을이 타오를때
노을 새 소리에
해질녘 풍경소리 울어
산 너머 어둑지면
산길 숲 검푸름 물길따라 흘러 가노라

내 어이 누구를 탓하리
내 인연의 천년가도를 흘러갈 줄을-

흐름 메 먹구름 속 산세에 놀아 홀린
내 청순(淸純)에 놀아나 보자

숨은 달빛 속에 머무는 그곳에는
참 숱한 운명이 가시오리다

하늘 타 내 손 내 행복 놓고 가거라
혼의 영치에 숨을 매달고 달리리라

가려진 숲 속에 내 유(遊)를 찾아
유유자적(悠悠自適)하노라

숲아 내 숲아–
내 떫은 고개로 찾아 눈길 속에 허무로 가노라
허영 허세 허무 속에 내 탓은 말지어라

누운 하늘 행여 갈거나
온누리 속에
검정 갈색 머리 여린 여인의 순살 속곳이 속
당신 가슴으로 내 속내를 풀어 주리오

찻 숲 속에 당신의 눈이 내 눈 속에 살포시
들어앉나니
순음(純音) 속 당신
가슴을 여민사이 내 목줄을 태우는구려

내세에 당신이 있었다면

댕기 덩 기 덩

허술 멍술 혼술 주에 놀아나 보세

천상가야(擅翔佳野)

천상가야 흩어지는 눈바람 속에
휭 하리 들이닥친 사연 바람
내 사연을 뒤로 묻어두고 말없이 흩날려 가 버린
그대 이름은 바람이여

내 인우보(人憂報)를 모두 틀어 가 버린 속 내음이여
무엇이 아리고 무엇이 깊은지 이곳을 떠나야
하지만
내 속사랑 그대를 찾아
이곳저곳 흘러 날아 가 버리자니
지나온 길이 그리웁고 다시 가고 싶지만
이내 지나가 없어져 버린 것을
내속만 바람 곁에 날아가리니

이곳저곳 날아가자니 이제 쉴 곳도 찾고
천상가야 찾아야겠네
쉴 자리가 그저 그곳이 평온뿐

174

내 지나온 과거는 묻지 마라

좋은 것보다 나쁜 것이 너무나 많은 걸
이제라도 차고 넘치는 현실을 살고자 한다
현실의 충실은 미래의 평온 하노라

모정

어느 날 엄마가 아이들에게
내 귀여운 아들딸들아 어서 오렴

조심해!
어린아이들에게 너무나 사랑스럽고 자상한 엄마
이 한평생을 다준다 해도 바꿀 수가 없는
내 사랑스런 자식들

어미의 사랑은 하얀 달빛어린 보름달과 같아
보듬어 주며
이 세상 너희가 제일 아름답고 예쁜단다
사랑한다 애들아!

하나의 씨앗이 되어
숭고한 당신의 고통 속에 태어난 아이들

당신과 결실이 얼마나 소중한 가?

살다 보면 이 행복도 초실이 되는 것을
당신과 맺은 인연 한세월 주고받고
흐르는 행복속에 살고 싶구려

사랑하는 당신과 아이들에게-

적절한 마음에

산길 따라 뱃길 따라

갈지 걸음 걸으며 이리 세상
요리조리 피하느라 한 지고 등지고 살다 보니
등줄이 피골상접되느라 모르고 살더니

허리 펴고 먼 하늘 쳐다보니
상길이 가까워져 있더이다
아―이고 메!

이제 인생 뒤안길을 쳐다보니 너무 빨리 치달아
어찌 할 바 몰라 서성일 때

문전 생사길이 코앞이구나
인생이 길어야 한평생인 걸 너무 짧구나
산길 따라 가느라 정신 줄 놓고 살았더니
이제 뱃길 따라 먼 산 넘어가라 하는구려

허송이라 더 긴 세월을 토하라 하려 해도

이 몸 한 세월 속에 뼛속까지 시들어 가고 있구려

내 몸 사려 곱디고운 물결이라 포장한들
썩어 가는 인생 목을 잡을 길이 없구려

젊은 청춘은 가되 인생무취는 기억 속에 남는구려
허 이 허 이 인생취생(人生趣牲)이라 내 갈 곳은
허공 속에 무취니–
무(無)다

하늘 당신

슬프고 슬픈 당신 땜에 하소연 하고나 싶은데
당신은 매 맞은 것처럼 이리도
나약하고 슬프게 울고 있나요

어-히 어리 둥둥 내 사랑
당신 슬픈 녘에 떨어진 당신
당신 어디매가 그리도 슬픈 한이 많은가요

여보시오!
내 낭군님 날 두고 떠나지 마오
이 좋은 세상 당신 없이 어이 살란 말이요

내 당신 하늘 따다 드리오까? 별을 따다 드리오까?
당신 마음고생 넘어 나와함께
영생 행복하게 사세나

아이고- 당신 이 추운 날 날 버리고 가는구려

가지 마오 가지 마오

내 당신 없이 하루도 살 수가 없구려

살 속까지 여미는 당신 내 속을 이리도 태우는구려

이리 살아도 한평생 저리 살아도 반평생인 걸

당신 없는 매정한 세상을 어이 나 홀로 살란 말이요

많은 정을 두고 이리도 매정하게 간단 말이요

당신 땜에 이 모진 세상을 온갖

손짓을 받으며 산다오

당신과 천년도 싫소이다

다만 당신과 살고지고

이승 떠나 저승 갈라 칠며

오냐 하면서 부둥켜 살고프네

이 세상이 뭔데 이 사랑이 뭔데 당신 뭔데

이리도 내 속 내 마음을 쏙 빼놓고 가는구려

슬프고 슬프다 하지만

당신 땜에 내가 더 가슴앓이를 하는구려

내가 당신 몇 백 년 살자 했나

그저 당신과 이곳에서 한 백 년

오순도순 당신만 생각하며

행복 속에 살고지리하자고요

하늘 당신 이곳이 싫어 망상으로 가려 하시나요

슬프구려 당신이란 사람이 이내 가슴을 몰라주니

이 속내를 떠나 이승에나

당신을 그리며 사그라지는구려

가네 가네 이승 못다 한 이내 속내를

내승에나 참사랑을 하고나 떠나네

슬프거나 행복하거나 못 이룬 정을

내세나 속 강정 이루세나

사랑 사랑 내 사랑 당신 없는 내 사랑

이 몸 살려 주고픈 사랑

당신과 나 사이 주고받는 깊은 사랑

무엇이라 말해 주나 더 이상

이내 가슴을 태우는 숯 강정이 되고 싶지 않구려

이– 어– 어– 히–

당신 내 가슴 텅텅 치며

피 토하도록 하소연하고 싶은 마음

여미며 살며 소리치며

여–보시오

나 좀 보시구려

당신 무엇이 내 소통 내어 피 꽃을 뿌리게 하나요

이내 가슴 내려앉아 꽃 무덤 속으로 내려 숨는구려

보아보아 내 사랑 이내 당신 품속에 떨어져
깊고 깊은 불꽃 속으로 떨어지는구려

가구려– 당신
가고 싶은 곳으로 가구려
이내 심정 못 박고 가는 당신
길가에 핀 들꽃처럼 이내속마음이
불꽃 속에 내 덩어리 속으로 떨어지구려
사랑하는 하늘 당신을 그리며